오키나와
신혼일기

New marriage diary in Okinawa

오키나와
신혼일기

김지원 지음

다연
DAYEONBOOK

"햄버거 먹으러 갈래요?"

만난 첫날,
분위기 좋은 곳에 가자는 남자는 많이 봤어도
맥도날드 가자는 남자는 처음이었다.

4

내 시선은 신경도 쓰지 않고
입을 크게 벌리며 햄버거를 맛나게 먹는
그를 보며 직감할 수 있었다,
내가 찾던 순수한 사람을 만났다는 것을.

그 후 우리는 결혼했고,
가장 달콤한 신혼의 시기에
오키나와에서 살아볼 행운을 얻었다.

이 소중한 시기에, 특별한 장소에서의 추억을
그냥 흘려보내고 싶지 않아
《오키나와 신혼일기》를 쓰기 시작했다.

예쁜 빛깔의 바다,
시골 같은 분위기,
여유로운 거리들…….

이런 곳에 살아본다는 것은 축복이었다.

그런데 이 책을 마무리할 즈음에 깨달았다,
주변의 모든 것이 새로웠지만
내게 영감을 주는 확실한 존재는
오키나와보다는 남편이었다는 사실을.

남편은
내가 찾던 이상형을 넘어,
뮤즈였던 것이다!

물론,
많은 부분에서 잘 맞는 우리도
여느 부부와 마찬가지로
결혼생활이 쉽지만은 않다.

이 어렵고 새로운 세계를 향해서
기꺼이 한 발 내딛은 모든 신혼부부를 응원하며
책임감을 갖고 행복해지고 싶다. ___5

마지막으로,
늘 우리 부부를 지지해주시는 양가 부모님과 집안 식구들,
오키나와에 살아볼 기회를 주신 남편의 회사 실장님과 대표님,
이 부족한 글이 책이 될 수 있게 도와주신 다연출판사에 감사드린다.

그리고 무엇보다 '아내 자랑'이 직업인 남편에게 깊은 감사를 전한다.

2017년 가을에
김지원

산호초에 둘러싸인 오키나와

오키나와 코우리 대교

프르고 아름다운 오키나와 하늘

오키나와 나하시(市) 야경

CONTENTS

Intro *4*

Character *13*

안 믿겨

오키나와에 오기 며칠 전,
출국 기념 외식을 하다 남편이 말했다.

"난 우리가 같이 일본에 가는 것도
안 믿기지만, 그보다 더 안 믿기는 게
하나 있어."

"뭔데?"

"우리가 결혼한 거.
그게 더 안 믿겨."

그 순간,
남편을 꼭 안아주고 싶었다.

나 역시
결혼생활에
익숙해지고 싶지 않다.

매일 아침,
늘 낯설고 새롭게
웨딩마치를 올릴 것이다.

S# 2

결심

착륙을 앞둔 비행기에서
아름다운 오키나와를 내려다보며 결심한 것.

감사와 행복을 지병처럼 달고 살자.

오키나와
신혼날기

나는 지구에 있다

하루 종일 붙어 다니던
데이트를 마치고
집으로 돌아가는 길…….

오늘의 마지막 태양빛이
찬란하게 쏟아진다.

오키나와에서의
아름다운 신혼이
또 하루 저물어간다.

나는 지구에 있다,
너를 사랑하려고.

감탄쟁이

몇 년 전 블로그에
'매 순간 벅차오르자'라고
적어두었다.

일상에 감탄하고자
그렇게 써놓았지만
사실 그게 쉽지는 않다.

신경 쓰이는 일이 생기면
예외 없이 영향을 받고,
그러다 보면
'일상에 감탄' 같은 건
잊어버린다.

반면,
남편은 진짜 '감탄쟁이'다.

별거 아닌 것 하나하나의 순간에
습관적으로 감탄한다.

맛있는 음식을 입에 넣고는
말한다.

"이런 게 행복인가 싶어."

심지어 너무 맛있을 때는
엉덩이를 흔들며 춤을 추고
노래를 부른다.

무엇에든 감탄하는 습관이
남편의 밝은 에너지를
만들어주는 것 같다.

그리고 가끔
감탄이 정점을 찍는다.

"오 마이 갓!"

외출 준비를 하다가
남편의 놀란 듯한 외침에
뭘 쏟았나 싶어
뒤를 돌아보니…….

거울을 보며
감탄하는 중이었다!

아름다운 오키나와에

이곳에 온 이후로
남편을 따라 매일같이
아침 운동을 나간다.

남편의 밀도 높은 운동에 비하면
겨우 스트레칭 수준이지만.

원래 운동을 좋아하지 않아
한국에서는 아침 운동을
꾸준히 해본 적이 없었다.

여긴 날씨도 따뜻하고
'아파트숲'으로 둘려쌓여 있지 않아서
이젠 아침 공기를 마시는 게
일상의 기쁨이 되었다.

오늘도 침대를 박차고 나와
남편과 공터를 향해 달리다가
맑은 공기를 한껏 마시려
입을 크게 벌린다.

공기가 달다.
이 순간이 달다.

아름다운 오키나와에
조금이라도 더 오래
깨어 있고 싶다.

전통 있는 타코집
멕시코 MEXICO

40년 된 맛집이다. 메뉴는 단 한 가지 '타코'이고, 음료는 콜라와 우롱차 두 종류뿐이다. 이름도 직진이다, 그냥 '멕시코'. 가게는 딱 보기에도 낡았지만 메뉴에서 드러나는 자신감이 좋았다.

이 집의 타코를 먹었을 땐 '단 한가지 메뉴만 팔아도 장사가 잘 되는 이유가 있구나'라고 생각했다. 함께 나오는 매콤한 소스를 살짝 올려서 한 입 베어 물면 입안에 고소한 맛이 퍼진다. 평소 타코를 즐기지 않는 나 같은 사람도 충분히 맛있게 먹을 수 있다. 중독성이 강해, 한때는 점심으로 이 집의 타코만 계속 사 먹었다.

'일본 와서 웬 타코?' 싶겠지만 관광객은 잘 모르고, 현지인들만 가득한 이곳이 진짜 오키나와의 맛집이다.

- 주소 Okinawa-ken, Ginowan-shi, Isa, 3 Chome 3-1-3
- 전화번호 098-897-1663
  (자동차 내비게이션, 스마트폰 구글맵에서 전화번호를 치면 쉽게 찾을 수 있음)

오키나와
신혼일기

책을 만나기 전과 후

여기 온 후로 시간이 많아져
책을 많이 읽는다.

책을 읽다 보면,
책에는 이 세상 모든 지혜가
다 들어 있는 것 같다.

포스트 잇을 물린 책이
점점 많아진다.

완독한 책을 덮으며 생각한다.
아무리 훌륭한 책이라도
읽는 것으로 그치고 싶지는 않다.

책 첫 장에서의 나와
마지막 장에서의 나는
다른 사람이고 싶다.

책을 만나기 전과 후로
인생이 나뉘는
사람이 되고 싶다.

남편의 회장 놀이

아침에 남편이
'회장 놀이'를 하러 가자고 한다.

아침 9시,
남편은 내 손을 잡고
방금 영업을 시작한
쇼핑몰로 들어간다.

쇼핑몰에 입점해 있는
모든 상점의 직원들이
통로에 서 있다.

모두가 깍듯이
첫손님인 우리에게 인사를 한다.

갑자기 다수의 시선을
한 몸에 받는 게 부끄러워
어쩔 줄 몰라 하며
남편을 돌아보는데
그는 마치
이 쇼핑몰의 회장인 것처럼
인사하는 직원들에게
일일이 웃으며 눈인사를 한다.

순간,

더 부끄러워졌지만
한편으로는
소소한 아이디어로
스스로 행복을 찾는
남편의 모습이 예뻤다.

생각하기에 따라
행복은
바로 곁에 올 수도
바로 떠나버릴 수도 있다.

그렇기에 매 순간,
행복을 바로 곁에 두는
선택을 하고 싶다.

이미 그렇게 살고 있는
남편처럼…….

몸에 좋다

무심한 나와는 달리
남편은
말을 참 예쁘게 한다.

잠들기 전,
여느 때와 다름없이
인생 이야기를 도란도란 나눈다.

'하고 싶은 거 하면서 살자'는
이야기 끝에 남편이 묻는다.

"내가 제일 하고 싶은 게 뭐게?"

"뭔데?"

"너랑 같이 사는 거."

이런 건 대체 어디서 배워 오는지
모르겠지만……

너의 말은
몸에 좋다.

오키나와
신혼일기

말해주고 싶다

모든 것이 사랑이다.

나의 모든 방향은 사랑이다.

나의 모든 몸짓은 사랑이다.

귓가에 대고
사랑한다 말하는 것만이
사랑이 아니다.

집을 청소하는 것,
쓰레기 버리러 나가는 것,
그 모두가 사랑이다.

질투가 많은 남편에게
말해주고 싶다.

겁 많은 남편

남편은 겉보기에 상남자인데,
사실은 겁이 많다.

그리고 그 사실을 숨기지 않는다.

연애 시절,
데이트를 하던 어느 날
내 스커트에 커다란 나방이
달라붙었다.

벌레를 무서워하는 나는
소리를 지르며
남편을 (은근히) 쳐다보았으나
이내 기가 막혔다.

남편도 소녀처럼
"꺄악!" 했으니까.

남편이 턱걸이를 할 땐
위협적이기까지 하다.

80킬로그램이 넘는 몸을
굵은 두 팔로

들어 올리는 걸 본다면,
누구든 덤빌 생각은 안 들 것이다.

하지만 남편은
머리 삭발한 일본 초등학생이
지나갈라치면 흠칫한다.

재 무서워.
노는 애 같아!

그래놓고 가끔
오빠 행세를 하고 싶어
허세를 떤다.

"오빠가 있잖아."
"오빠가 걱정하잖아."
"오빠만 믿어."

참고로 남편은
나보다 '1'살 어리다.

CHECK IT OUT, YO!

지금, 그 꿈에

스물한 살 때 우연히 본 일본 영화
〈체케랏쵸!(Check it out, yo!)〉.

영화의 배경인 오키나와를 그때 알았는데,
촌스럽고도 소박한 풍경들에
나는 흠뻑 빠져버렸다.
영화 자체도 너무 좋았기에
스무 번 이상 반복해서 본 듯하다.
영화를 보면서
'꼭 저기에서 살아보고 싶다'고 생각했다.

똑같은 일상 속 오늘 아침 9시,
동네 카페에 가만히 앉아 생각해보니

지금, 그 꿈에
들어와 앉아 있다.

그때 진하게 꿈꾸었기에
지금 여기 있는 거라면,
지금 꾸고 있는 꿈속에
또 언젠가 살게 되는 걸까.

살찌는 맛의 라멘집

삿포로야 Sapporo/札幌や

처음엔 빨간 간판과 기름진 소리에 중국집인 줄 알았는데 라멘집이다. 일본식 라멘도 가게마다 스타일이 조금씩 다른데, 이 집의 면은 꼬불꼬불 인스턴트 라면의 면 같고 국물은 기름지다. 우리 부부가 오키나와에서 찐살에는 이 식당이 한몫했다고 볼 수 있다. 하지만 그만큼 정말 맛있다.

메인으로 내세우는 요리는 물론 국물 있는 라멘이지만, 개인적으로는 국물 없는 '야끼소바'가 가장 맛있었다. 아삭아삭 씹히는 채소들과 고소한 노란색 면이 불맛과 함께 화르르 볶인 별미! 굉장히 중독성 있는 맛이다. 양이 아주 많은데 다 못 먹을 땐 늘 포장해서 귀가하여 또 먹었다. 야끼소바는 메뉴판에 없고, 벽에 그림으로 그려져 붙어 있으니 야끼소바 주문 시 참고하시라.

- 주소 Okinawa-ken, Ginowan-shi, Isa, 2 Chome-20-15
- 전화번호 098-898-5566
  (자동차 내비게이션, 스마트폰 구글맵에서 전화번호를 치면 쉽게 찾을 수 있음)

한국으로 떠나오기 전날, 이곳 요리사들과 함께

사랑과 표현

"나는 아침 운동 하러 가서
여보가 턱걸이 할 때마다 반해."

내가 말하면
남편이 대답한다.

"나도 키티 앞치마 입고
여보가 현관문 열어줄 때마다 반해."

우리가
처음처럼 두근거리는 방법은
서로에게 반하는 포인트를 발견하는 것.

그보다 더 중요한 건,
반하는 순간마다 표현하는 것.

가장 중요한 건,
앞의 두 가지를
매일매일 반복하는 것.

사랑해서 표현하고
표현하니 사랑하게 된다.

49

'나이'의 의미

하루에도 몇 번씩
할머니가 전화를 걸어
같은 말을
계속 반복하신다.

아까 다 한 얘기라며
나도 모르게 짜증을 낸다.

그러는 나 자신에게
어느 순간 실망했다.

'뭐든지 생각하기 나름'이라고
늘 말하고 다니면서도
실제로 나 자신은 그렇지 못했다.

그래서 오늘부터
'나이'의 정의를 새롭게 내린다.

나이가
'살아온 햇수만큼
같은 말을 반복하는 것'이라면······.

50

우리 할머니가
똑같은 말을 여든다섯 번 해도,
나는
여든 다섯 번 웃으며 대답할 것이므로.

오키나와
신혼일기

인생의 터닝 포인트

아침저녁으로
남편과 대화를 하다 보면
배우는 게 정말 많다.

신선한 남편의 생각이
나를 '심쿵'하게 한다.

내 에버노트에는
'심쿵 잭슨어록'이라는
카테고리가 있을 정도다.

매일
새로운 고객을 만나는 남편이
아침에 넥타이를 매며 말한다.

"사람들이 날 만난 경험이
인생의 전환점이 되면 좋겠어."

우리는 누구나
그저 그런 일상 속에서
인생의 터닝 포인트를 기다린다.

TV에 나오는
마법 같은 반전 스토리를
꿈꾸면서.

하지만
사실, 진짜 나의 터닝 포인트는
만나는 모든 사람에게
터닝 포인트가 되어줄
각오를 하는 그 순간이다.

역설적이게도
'타인에게 영향을 미치는 것'이
'나의 터닝 포인트'가 된다.

이런 정성스러운
마음으로 산다면
어떤 순간도
허투루 보낼 수가 없다.

남편이 그렇게
고객을 만나는 것처럼,
만나는 독자에게
터닝 포인트가 될 수 있도록
매일 정성스럽게
문장을 만질 것이다.

JACKSON'S SAY

매일 아침, 강도 높은
운동을 하고 회사에 가면
어려운 일이 없어.

부부 싸움

자주 반하고
자주 사랑한다 말하고
자주 자랑하고 다닌다.

하지만······.

우리에게도
부부 싸움이 가끔 찾아온다,
어제처럼.

티격태격 싸우고
오랜 대화 끝에 우리는
늘 그렇듯 화해에 이르렀다.

서로 미안함을 전하고
앞으로의 다짐을 공유하고
침대에 눕는 순간,

싸우기 전에는 없던
행복감을 맛보았다.

더 이해하게 되었고
더 단단한 친구가 되었고

각자의 세계관이
한 방향으로 조율되었다.

부부 싸움이 없었다면
결코 도달하지 못했을
감정이었다.

갈등은
무서운 얼굴을 하고 있지만
등 뒤에 선물을 숨기고 있다.

우리는 싸울 때마다
한 뼘씩 더
행복한 부부가 되어간다.

한류 놀이

남편과 함께
그냥 발길 닿는 대로
정처 없이 떠돌기로 한다.

그렇게 가고 싶은 대로
핸들을 돌리다가
어느 중학교 앞에 이른다.

차를 세워두고
학교를 구경하는데,
한 여중생 무리와 눈이 마주친다.

나라면 그냥 지나갈 텐데
역시나,
남편이 인사를 한다.

헉,
반응이 뜨겁다.

한국인이라고 소개했더니
아이들이 "방탕! 빅뱅!" 하며
환호한다.

'방탄소년단'과
'빅뱅'을 말하는 것이다.

내가 방탄소년단 팬이라고 하니
누구를 좋아하냐고 묻는다.

"랩몬스터" 하니까
그의 팬인 듯한 아이가
하이파이브를 청한다.

빅뱅 팬인 남편은
탑의 랩 파트를 불러준다.

아이들은
우리가 무슨 말만 하면
"꺄아-" 하며 신기해한다.

해맑아 너무 귀여운 아이들,
그들의 휴대전화에
셀카 하나씩 다 남겨주고
작별인사를 한다.

아주 잠깐이지만
한류스타가 된 기분이다.

그렇게 좋은 시간 보내고
차로 돌아온 남편이
한마디 한다.

"휴~ 이놈의 한류!"

그러고는 피곤하다는 듯 시동을 건다.

오키나와
신혼일기

좋은 아침이다

밤새 비가 내렸다.

따뜻한 오키나와라고
늘 맑은 날만 있는 건 아니다.

아침에 일어나 어김없이 공터로 나간다.

밤사이 비바람에 시련을 겪었을 테지만
도착한 그곳엔
물먹은 연두가 반짝인다.

좋은 아침이다.

이 아침을 보며 다짐한다.
'좋은 아침' 같은 사람이 되자고.

그 어떤 어려움에도 매일 아침,
다시 환해지자고.

덕분에

오키나와에 올 때 바리캉을 하나 샀다.

남편의 헤어스타일 '투블럭' 관리를 위해
양옆과 뒤를 2주에 한 번씩 바리캉으로 밀어준다.

바닥에 큰 비닐을 깔고 몸에 천을 두른 다음
'홈미용실'을 오픈한다.

서툴고 겁나고 시간도 오래 걸리지만
차근차근 밀어나간다.

전문 헤어디자이너만큼 능숙하진 않아도
꽤 깔끔하게 정리한다.

땜빵을 만들지 않았다는 사실에 안도하며
남편에게 말한다.

"여보 덕분에
이런 경험도 해보네."

그러면 남편이 대답한다.

"여보 덕분에
머리가 깔끔해졌네."

얼굴에 튀어 잘 떨어지지도 않는
수많은 머리카락,
쓸 때마다 섬세하게
청소해줘야 하는 바리캉…….

하지만 그런 건
아무렇지도 않다.

'덕분에'라는 말
덕분에.

OKINAWA NIGHT VIEW
손잡고 걸어가는 길, 해 질 녘의 밤공기가 좋다. 신혼이 간 질 거 린 다 .

S# 19

가장 좋아하는 시간

하루 중 가장 좋아하는 저녁 7시.

퇴근한 남편과 함께
맛있는 저녁을
먹으러 가는 시간.

손잡고 걸어가는 길,
해 질 녘의 밤공기가 좋다.

신혼이 간질거린다.

가장 잘한 일

작년에 결혼을 한 후
첫 생일을 어제 맞았다.

아침부터 스마트폰에
축하 메시지가 쏟아졌다.

축하해주는 가족이 두 배로 많아져
타국에 와 있어도 전혀 외롭지 않았다.

작년 한 해 동안 내가 잘한 일은
세 가지이다.

세 번째로 잘한 일은
누군가의 아내가 된 일.

두 번째로 잘한 일은
누군가에게 사위를 만들어준 일.

가장 잘한 일은
누군가의 며느리가 된 일이다.

빨리 아저씨가 되고 싶어

결혼 전, 결혼 준비를 하면서
남편은 말했다.

"빨리 아저씨가 되고 싶어!"

나는 태어나서 한 번도
'아줌마'가 되고 싶다 생각한 적이 없었다.
여자라면 누구나 그럴 것이다.
30대가 온다는 것, 아줌마가 된다는 것, 애 엄마가 된다는 것.
이런 일들은 내게 오지 않을 줄 알았고
영원히 20대이길 바랐다.
남자도 마찬가지일 것이다
오빠와 아저씨의 차이는 너무나 크니까.
그렇기에 남편의 그 말은 감동적이었고,
그때부터 나는

누구보다도 적극적으로
아줌마가 되고 싶었다.

그리고 아줌마가 된 지금이
아가씨일 때보다 훨씬 더 행복하다.
젊음도 좋고 싱글도 좋고 연애도 좋다.
하지만 '내 편'이 곁에 있는
아줌마가 나는 더 좋다.

남편의 가치관

남편은 '하루'를 '일생'으로 여긴다.

아침에 눈을 뜨는 건 세상에 태어나는 것이고
밤에 눈을 감는 건 죽는 것이다.

자동적으로
'좋은 인생'이란 '좋은 하루'이다.

그래서 남편은
'좋은 하루'를 보내기 위해
그토록 노력하는 것이다.

"연초에 사람들이 소망을 빌잖아?
사실, 눈뜨는 아침마다
소망을 빌어야 해."

따라서 남편에게는 당연히 '특별한 날'이 따로 없다.
매일이 특별하니까.

이러한 그의 가치관이 멋져
나는 결혼을 결심했었다.

지난달, 오키나와에서 맞은 내 생일에
남편은 말했다.

"형식적인 케이크 같은 건 안 할게.
여보의 인생은, 생일이라는 게 구별되지 않는 인생일 거야.
여보의 매일매일이 생일일 테니까."

따라서……
생일 선물도 없었다.

훌륭한 가치관에는
부작용도 있는 법이다.

오키나와
신혼일기

오키나와
신혼일기

경차 천국

거리에 다니는 자동차의 90퍼센트 이상이 레이 같은 경차라 깜짝 놀랐다. 중대형 자동차는 찾아보기 어렵다. 오키나와 사람들은 매우 실용적인 생활습관을 가졌다는 생각이 든다.

출퇴근 시간에 약간의 교통체증이 있음에도 도로에서 클랙슨 소리를 듣기란 어렵다. 다들 천천히 운전하고 양보와 배려를 굉장히 잘하기 때문이다. 도로 방향 및 운전석이 한국과 정반대임에도 불구하고, 초보 운전자라면 이곳에서 더 운전하기가 쉬울 것이다. 한국의 도로에 비하면 마치 도로 전체가 운전 연습장처럼 느껴질 정도로 다들 차분하게 운전한다.

오키나와의 이런 점은 반성의 마음이 들게 한다. 좁은 땅덩이 위에서 교통체증에 시달리면서도 우리나라는 큰 차일수록 선호하기에. 게다가 다들 뭐가 그리 급한지 클랙슨도 많이 울려 도로가 마치 전쟁터 같기에.

사치스러운 여자가 되고 싶다

이곳에 온 뒤
예전에 선물 받은
전자책으로 독서를 많이 한다.

책을 읽을 때마다
넓은 세계와 무한한 가능성에
가슴이 두근거린다.

책은 공간을 뛰어넘는다.

책 읽는 동안에는
가만히 앉아서도
우주의 꿈을 꾼다.

이런 책의
위대함에도 불구하고
책은 정말 싸다.

어떤 책이 만들어지는 데에는
몇 십 년의 시간이
소요되기도 하지만
그 노력에 비해
가격은 터무니없이 낮다.

책은
세상에서 가장 저렴한
보석이다.

책에서만큼은 사치스러운
여자가 되고 싶다.

그 모든 일

네가 결혼 전 만났던
모든 여자에게 감사해.

내가 결혼 전 만났던
모든 남자에게 감사해.

그 모든 일은 우리가 우리를
발견하기 위해 일어났던 거야.

행복한 못난이

집에 같이 있을 때 남편의 시선은
빈번히 내 발에 달라붙는다.
남편은 내 외모 중에서 발이 가장 예쁘다고 한다.
틈만 나면 물끄러미 내려다본다.

길이는 짧은데 볼이 넓적한 내 발.
뺑뺑이 안경을 쓴 바보 같은 내 모습.
잡티가 다 드러난 내 모닝 페이스.
그는 언제나 이런 내 못난 모습을 가장 예뻐해준다.
그런 남편 덕에 자신감이 올라간다.
발을 더 이상 감추지 않게 되었다.
안경을 쓰고도 눈 맞춤을 잘하게 되었다.
눈 화장은 아예 그만두었다.

수십 년 동안 예뻐지는 데 최선을 다했는데…….

못나지고서
나는 더 행복해졌다.

남편을 만나고
세상에서 가장 행복한
못난이가 되었다.

이상한 순간의 행복

깊은 밤 깊은 잠에 빠져 있는데,
묵직한 남편의 다리가
퍽 하고 내 몸을 짓누른다.

남편의 몸무게는 나의 두 배인지라 그대로는 잘 수 없다.
잠결에 낑낑거리며 남편의 다리를 제자리에 놓는다.
참 이상한 순간이지만 바로 그때 행복이 온다.

사랑하는 사람은 있는지, 그와 결혼은 했는지,
행복하게 살고 있는지…….

잘 때는 그 모든 걸 잊어버린다.
잊는 것으로도 모자라
악몽이 덮어버릴 때도 있다.

하지만 한밤중에 내 몸을 누르는
남편의 다리를 치우며 나는 안도한다.

가끔은 지지고 볶으며 싸우기도 하고
바쁜 생활 속에서 설렘을 잃기도 한다.

하지만…….

누군가와
살을 부대끼며 산다는 걸
느끼는 순간,
행복은 참 실감나는 것이다.

85

언젠가 어디에 앉아

글쓰기를 좋아하고
음악을 좋아해서
자연스레 '작사'가 좋았다.

어릴 적에는 멋도 모르고
직접 만든 멜로디에
일기를 얹었다.

이제는 좀 더 전문적으로
작사 공부를 하고 싶어
책을 하나 샀다.

《김이나의 작사법》…….

공부를 하려고 샀는데
자꾸만 눈물이 나는
그런 책이었다.

한정된 멜로디에 함축된 말들이
너무 예뻐서 카페에 앉아 남몰래
눈물을 훔쳐내야 했다.

모르는 노래라

멜로디를 전혀
짐작할 수 없음에도
가사만으로 가슴이 벅차오르는
노래들이 있었다.

나는 일기밖에 못 쓰면서도
그 글쓰기마저 어려워
자주 좌절한다.

글에게
마음이 자주 식는다.

하지만
이렇게 훌륭한 글을 만나면
시샘이 나면서도
다시 마음이 불타오른다.

언젠가 카페에 앉아
울 수밖에 없었던
한 여자처럼

언젠가 어디에 앉아
울 수밖에 없을
한 사람을 위해서

묵묵히 쓰기로 한다.

과해도 괜찮은 것

남편이 매일 출근 전
점심 도시락을 사는
마트에 따라갔다.

도시락을 고르고
계산대로 가니
캐셔 아주머니가
남편에게 알은체를 한다.

남편은 그분을 가리키며
"니혼고 센세(일본어 선생님)" 하고
소개한다.

계산할 때마다 그분께
일본어를 하나씩
배워왔다는 것이다.

- 나무젓가락: 와리바시
- 봉투: 후쿠로
- 우유: 규뉴

스마트폰 메모장에
빼곡히 적혀 있던

단어들의 출처가
바로 이곳이었다.

'센세'라는 말에
아주머니가 환하게 웃으신다.

남편은 아는 일본어를 조합해
나를 '신혼 결혼'으로 소개한다.

주변에 있던 사람들이
남편의 당당하고 서툰 일본어에
웃음을 터뜨린다.

일본어 선생님은
'신혼 부부', '아내'라는
일본어를 가르쳐주신다.

조용한 마트의 아침이
웃음으로 반짝인다.

타인에게 웃음을 주는 것이
'삶의 낙'인 남편이
새삼 멋지다.

웃음은 아무리 과해도
체하지 않으니까.

오나와
신혼일기

고된 어제

컨디션이 좋지 않은 날엔
어김없이 두통이 찾아온다.

엄청난 물리적 고통이 아님에도,
단지 미미하게 욱신대는 것만으로
온종일 괴로워진다.

약을 먹고 누워 있다가
두피 마사지도 해보고
요가도 해보지만
두통은 쉬이 가시지 않는다.

그런 날은 꼭
고된 어제를 떠올린다.

일이 계획대로 풀리지 않아
고민하고 자책했던 어제를.

나름대로 이것저것 노력하지만
제자리걸음인 것 같던 어제를.

힘들고 벅차고 고생스러운 어제가
아픈 오늘보다 백배는 나았다는 걸
두통 속에서야 깨닫는다.

건강한 내일이 돌아온다면
내 앞에 주어진 어려운 과제들을
기꺼이 반길 것이다.

진짜 '하고 싶은 일'이란

음악 서바이벌 프로그램
마니아인 나는 매주 금요일마다
〈프로듀스 101 시즌 2〉를 챙겨본다.

최연소 참가자가
열다섯 살일 정도로
참가자들의 나이는 어리다.

하지만 아무리 어린아이들일지라도
그들을 보면서 배우는 게 많다.

지난 방영분에서
갖가지 감동적인 순간이 있었지만
가장 찡했던 순간은
힘든 연습 과정을 극복하고
멋진 무대를 꾸미는 모습,
이런 것들이 아니었다.

인지도도 낮고 연습에도 진전이 없어
떨어질까 봐 불안해하는
한 연습생의 간절한 인터뷰였다.
매사 상대 팀과 비교하고
괴로워하는 모습에

그냥 "너무 힘들다"라고
말할 줄 알았는데 압박감과 초조함 속에서
꺼낸 한마디는 뜻밖이었다.

"지금 진짜 좀 행복하거든요."

진짜 '하고 싶은 일'이란 저런 거지.
몸과 마음이 힘든 건 당연한 거고,
갖가지 힘듦에도 불구하고
그 속에서 행복해하는 것.

어떤 길을 걷다
여러 장애물을 만나다 보면,
처음 이 길에 첫 발을 내딛었던 순간을
잊어버릴 때가 있다.

얼마나 두근거렸는지,
얼마나 뜨거웠는지,
얼마나 행복했는지…….
모니터 속 어린아이들을 보면서
그 마음을 자주 잊어버리는
나를 반성한다.

삶과 일,
내 모든 도전에서
가장 중요한 것은
'순수한 행복'임을
다시 한 번 생각한다.

심쿵 잭슨어록 2 _시간을 줄게

JACKSON'S SAY

연애 초기, 남편이 종종 하던 말.

"내 시간 너 다 가져."

오키나와
신혼일기

이왕이면 웃는 얼굴

아직도 가끔 떠오르는
어릴 때의 기억.

만화책을 많이 보던 시절,
어느 만화가의 집필 후기 중에
이런 대목이 나왔다.

'만화 캐릭터의
웃는 표정을 그릴 땐
어느새 나도 웃고 있고,
찡그린 표정을 그릴 땐
나도 찡그리고 있다.'

그림을 그리며 따라 해보니
정말 그랬다.
'진짜 그러네!' 하며
신기해했던 기억이 난다.

그런데
자라면서 느끼기를,
인생이 정말로 그런 거였다.

내가 그리는 대로
내가 바뀌어간다.

사소한 경험이지만
지금 생각해보니,
그 경험이 나를 이루는
아주 중요한 대목이 되었다.

앞으로 살아갈 날을
찡그리는 얼굴로는
보내고 싶지 않다.

이왕이면 웃는 얼굴이 많은
그런 삶이고 싶으니,
웃는 얼굴을 많이 그릴 것이다.

단순한 생활

고층 빌딩과 아파트 아래로
밤에도 반짝반짝 갈 곳 많은
한국과 다른 곳, 오키나와.

이 시골에 가까운 동네에서
우리는 살게 되었다.

옛날식 저층 아파트,
조용한 거리,
가까운 바다,
그리고 불편한 대중교통…….

남편은 오키나와에 온 이후로
매일 하는 것이
세 가지 밖에 없다고 한다.

숨 쉬는 것.
변하는 구름 색 보는 것.
종소리 듣는 것.

여기 온 후로
우리의 삶은 매우 단순해졌고,
그 덕분에 낭만을 알게 되었다.

오키나와
신혼일기

오키나와
신혼일기

새벽 공부

우리 부부는 항상 새벽 네시에 눈을 떠
각자 새벽 공부를 한다.
새벽 공부 습관은 남편에게 배웠다.
캄캄한 새벽, 공부에 열중하다가 정신을 차려보면
이런 광경이 신기해진다.

새벽 공부를 한다고 해서
당장 변하는 건 아무것도 없다.
우리는 아직 사회 초년생이고
고액 연봉자도 아니다.

하지만 '04:00 a.m.'의
명료한 시간 속에서 알게 된다.
내가 보낸 오늘이 내일을 도와준다는 것을.

남편과 이런 약속을 한 적이 있다.
30대를 고생하며 보내자고,
그래서 40대를 더 멋있게 살자고.

남편과 함께 맞이할 나의 40대가
너무나 기다려진다.

**새벽에 힘겹게 눈을 뜨는
이 고생이 맛있다.**

남편의 말실수

학창 시절을
외국에서 보낸 탓에
남편의 한국말은
약간 어색하다.

가끔
비슷한 어감의 단어들을
혼동할 때가 있다.

104

"사람들이
가관하는 게 있어."

"디딤돌방으로
예약한다고?"

하도 많이 듣다 보니
이제는 척하면 척 알아듣는다.

남편의 말실수 중
가장 귀여운 건 이거다.

너무 배부르게 밥을 먹어
속이 부담스러울 때.

"아- 배가 덥수룩해."

"배에 수염났어?
배는 더부룩한 거야!"

이렇게 알려줘도
매번 밥을 먹고 나면
남편 배에는 수염이 난다.

여보, 나 미워해?

남편과 아침에 싸우고
돌덩이를 안은 것처럼
묵직하게 오전을 보냈다.

원래 일정대로라면
오전에 글을 썼어야 하는데
통 쓸 수가 없었다.

정오가 되어
겨우 노트북을 켰다.

마음을 다잡으려
이웃들의 블로그를 탐방하던 중
어떤 아내가 남편에게 쓴 글이
내 눈을 사로잡았다.

어떻게 나한테 이렇게 따뜻한 사람이 왔는지…… 놀라울 정도
로 감사합니다. 이렇게 따뜻한 남편에게 중간중간 심술부리고
괴롭혀서 미안하지만…… 앞으로는 더 잘 하도록 노력하겠습
니다. 사랑합니다.

-'리즈페페 해외살이' 블로그 중

이 글을 읽는데

눈물이 주르륵 흘러내렸다.

아까 다툴 때
남편에게 물었다.

"여보, 나 미워해?"

남편이 대답했다.

"나는
내가 신경 쓰는 사람만
미워할 수 있어."

가만 생각해보니
사랑한다는 뜻이었다.

혼자 방에 앉아 있는데
자꾸만 목이 메었다.

남편의 공부법

오키나와에서의 생활 두 달째,
요즘 남편은 어딜 가든
일어를 잘한다는 칭찬을 듣는다.

남편이 책상에 앉아
일본어를 공부하는 모습은
한 번도 본 적이 없다.

대신
마트에서, 술집에서, 택시에서
서툰 단어와 보디랭귀지로
현지인들과의 대화를 시도한다.

그러다 우연히
새로운 단어를 배울 때마다
스마트폰에 메모를 해둔다.

스마트폰 메모장에 적힌 단어들은
실생활에 쓰이는 것들이기에
그 어떤 교재에 있는 내용보다
훌륭한 자료이다.

게다가
실제 경험을 통해 배웠기에
쉽게 잊어버릴 수도 없다.

이런 남편을 보면서 배운다,
공부는 이렇게 하는 것이라고.

일본어 공부뿐 아니라
삶의 순간순간이 모두
배움의 기회이다.

그리고
배운 것을 그냥 넘기기보다는
바로 실전에 적용해보는 것이
진짜 인생 공부이다.

어쩌면 인간은
'연습'이라는 명분을 만들어
실전을 미루는지도 모른다.

자꾸만 '연습'이라는 핑계로
책상 앞에만 머무는지도 모른다.

연습 삼아 태어난 게 아니니까
그냥 부딪치는 수밖에 없다.

로망의 남편

부부의 가사 분담은
뿌리가 깊은 갈등이다.

이 문제로 인해 발생하는
다양한 케이스와 의견을 보면,
이것이 결코 단순한 문제가 아님을
알 수 있다.

안재현, 구혜선 부부가 나온
tvN의 〈신혼일기〉를 보아도,
임경선 작가가 집필한
《태도에 관하여》를 읽어보아도,
그들 역시 이 갈등 문제에서
자유롭지 않아 보였다.

그러다 문득 고개를 갸웃했다.

'나는 왜 이런 고민을 안 하고 있지?'

생각해보니,
'내가 참 복 받은 아내구나' 싶었다.

남편은
자처해서 설거지를 하며 말한다.

"나에게 고무장갑이
어울리게 해줘서 고마워."

집안일을 하는 남편에게
내가 "도와줘서 고마워" 하면
남편이 대답한다.

"자기를 도와주는 게 아니라
내가 좋아서 하는 거야."

'행복하게' 집안일을 하는 남편,
그것도 '시켜서 하는 게 아닌' 남편.

모든 아내가 바라는
로망의 남편이
바로 내 옆에서
코를 골며 자고 있다.

하와이식 브런치

헤일 노아 카페 Hale Noa Cafe

일요일 아침마다 특히 붐비는 곳이다. 이곳 브런치를 먹으러 온 사람들 때문에. 대부분의 손님은 오키나와에 주둔하는 미군 가족이다. 카페 콘셉트가 하와이인 데다 미국인 손님이 많다 보니 여기서 아침을 먹다 보면 여기가 일본인지 하와이인지 헷갈릴 때가 있다.

브런치 메뉴들은 하나같이 화려하고 맛있다. 메뉴 하나당 커피나 아이스티 한 잔이 무료다. 개인적으로 가장 즐겨 먹었던 메뉴는 '덴버'다. 베이컨과 시금치가 달걀 오믈렛에 감싸인 메뉴이다. 베이컨은 두껍고 시금치는 고소해서 너무 맛있다. 무엇보다 여기서 브런치를 먹으면 로맨틱한 기분이 팍팍 난다.

- 주소 Okinawa ken, Nakagami District, 北谷町北谷 2 丁目 18-6
- 전화번호 098-989-8244
  (자동차 내비게이션, 스마트폰 구글맵에서 전화번호를 치면 쉽게 찾을 수 있음)

가장 추천하는 메뉴 '덴버'

멜로드라마

인터넷 서핑 중 우연히
요즘 유행하는 멜로드라마의
영상을 몇 개 보았다.

멜로드라마의 속성상
남주인공은 늘 그렇듯
백마 탄 왕자님 같다.

비현실적이지만
그래서 더 여심을 자극하는
멜로드라마.

보고 있으면
두근두근 콩닥콩닥
설렘의 열매가 가득 열린다.

그렇게 영상에 빠져 있다가
문득 정신을 차리고 보니
드라마의 그 어떤 남주인공보다
내 옆에 있는 남자가
더 멋있다.

드라마의 여주인공처럼
예쁘지 않아도
나를 세상에서
가장 예뻐해주는 남편.

내가 챙기지 않아도
셀카봉을 챙겨
우리 둘의 추억을
부지런히 남기는 남편.

멜로드라마는
바로 이곳에 있다.

〈꽃보다 남자〉 덕후

현실적인 드라마를
좋아하는 나와 달리,
남편이 가장 사랑하는 드라마는
일본판 〈꽃보다 남자〉다.

스마트폰 배경 화면도
〈꽃보다 남자〉 포스터일뿐더러
〈꽃보다 남자〉 주제곡도 자주 듣는다.

아예 그 드라마 속에 사는 것 같다.

심지어 며칠 전에는 미용실에 가서
일본판 〈꽃보다 남자〉의 주인공
도묘지의 머리를 하고 왔다.

그러고는 장보러 가서
한 마트 직원에게 시키지도 않은 자기소개를 했다.

"제 이름은 도묘지예요."

그 직원에게는
"제 이름은 구준표예요"라고 들렸을 것이다.
오늘은 출근하면서 한마디 한다.

"안녕, 금잔디!"

세상에 내뱉는 모든 것

어떤 미술가를 알게 되고
그 그림이 좋아
그의 모든 작품을 찾아본다.

그러다
작가의 얼굴이 궁금해 검색해본다.

그러면 백이면 백
작가의 사진을 보는 순간
풋, 웃음이 난다.

자기가 그린 그림이랑
똑같이 생겼기 때문이다.

그림에
꼭 사람이 등장하지 않더라도
그림은 작가와 닮았다.

그림의 분위기가 말해준다.

작품은
작가를 닮을 수밖에 없나 보다.

내 진짜 얼굴이 궁금하면
그림을 그려보면 된다,
글을 써보면 된다.

자신이 하는 표현들이
전부 자신을 닮아 있다.

그림에서도, 글에서도
그 사람의 냄새가 난다.

심지어 카톡 프로필,
페북에 끼적인 짧은 문구에서조차
그 사람의 냄새가 풍긴다.

내가 세상에 내뱉는
모든 것이
다 나 자신이다.

그것들이 악취를 풍기진 않는지
늘 자신을 돌아보며
살아야 한다.

세 가지 기적 +

부부가 된다는 건 말처럼 쉬운 일이 아니다.
세 가지 기적이 다 이루어져야 가능한 일이다.

꿈꾸고 바라던 사람을 만나는 첫 번째 기적.
그 사람과 서로 사랑하게 되는 두 번째 기적.
그 사람과의 평생을 약속하는 세 번째 기적.

이 세 가지 기적이
다 이루어진 것만으로도 너무나 감사한 일인데,
올해에는 기적 하나가 더 찾아왔다.

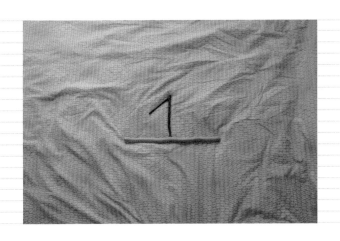

우리가
'부모'라는 이름을 갖게 된 기적.

겁도 나는 게 사실이지만
가장 고결한 네 가지 기적을 이루었으니,
어떤 일도 다 헤쳐나갈 수 있을 것 같은
자신감이 생긴다.

아가야,
무사히 건강하게 나와서
함께 다음 기적들을 만들어보자.

좋은 하루

남편에게 가장 중요한 목표는
'좋은 하루'를 사는 것이다.

그러기 위해서
그는 하루 동안 마주치는
모든 이에게 웃음을 주려고 한다.

다른 사람들이
자신 때문에 웃으면
기분이 좋다고 한다.

며칠 전, 남편과 쇼핑몰에 다녀왔다.

보통, 사람들이
옷가게에 들어갈라치면
직원과 대화하는 것을
부담스러워하게 마련이다.

하지만 남편은 그렇지 않으니,
외국이라고 예외는 아니다.

들어가는 상점마다
직원들에게 먼저 말을 붙인다.

물어보지도 않은
별별 이야기를 덧붙이면서.

"이 옷은 나를 위해
만들어진 것 같아요."

"쇼핑 후에 장어를
먹으러 갈 거예요."

하지만 남편의 방정 덕분에
다 같이 한바탕 웃는다.

생각해보니,
독립된 좋은 하루란
없는 것 같다.

세상의 모든
좋은 하루는
서로에게 영향을 준다.

남편의 농담 한마디,
나의 글 한 조각은
타인의 좋은 하루와
무관하지 않다

'사랑'과 '자식'의 정의

남편의 고객 중
한국계 미국인 부부와
식사를 한 적이 있다.

그들은
장성한 아들 둘이 있는
한참 선배 부부이다.

지금까지도
신혼처럼 알콩달콩
행복하게 지내고 계신다.

식사를 하며
이런저런 얘기를 나누었는데
그중 가슴 깊이 배운 두 가지가 있다.

'사랑'이란
배우자에게 날개를 달아주는 것.

'자식'이란
잠깐 다녀가는 손님.

'사랑'과 '자식'에 대한
신선한 정의였다.

값진 시간 끝에
집으로 돌아오는 길,
아내이자 엄마로서의
내 미래에게 약속했다.

내 욕심으로 배우자를 가두지 않고
그가 능력을 마음껏 펼칠 수 있도록
힘이 되는 아내가 되겠다고.

내 욕심으로 자식에게 집착하지 않고
잠시 들렀다가 그만의 길을 가도록
나만의 길을 가는 엄마가 되겠다고.

소음 반전

한국의 도시에 비해 조용한 시골 마을 같지만, 밤낮으로 굉장한 소음이 있다. 오키나와 곳곳에 미군 부대가 위치하고 있기 때문에 낮에는 미군의 헬기 소리가 가끔 크게 들린다. 잠깐 여행하는 관광객이라면 운 좋게 못 들을 수도 있지만 이곳에 살아보면 확실히 알 수 있다. 한국에서 가끔 들리던 비행기 소리에 비해 훨씬 더 크고 듣기가 괴롭다.

오키나와 사람들은 한국인들에 비해 수수해 보여 밤 문화 역시 조용할 거라 생각했다. 그런데 밤에 폭주족의 질주 소리가 엄청나다. 밤에도 차가 많은 우리나라에 비해 밤 도로가 텅텅 비어 그런지, 밤은 오키나와의 완전히 다른 얼굴을 보여준다.

물론 이 소음들이 거주하기 어려울 정도로 엄청난 스트레스는 아니다. 다만, 많이 놀라울 뿐이다.

2067년의 내 모습

남편 동료의 부모님이 오키나와에 오셔서
우리 부부와 함께 저녁 식사를 하게 되었다.

우리의 가치관에 대해 이야기하게 되었는데,
말을 하다 보니 어느새 내가 남편 자랑을
쉴 새 없이 하고 있는 거였다.

집에 와서 생각해보니 선배 부부가 보기에
얼마나 주책이었을까 싶었다.

조금 부끄럽긴 했지만
배우자에 대한 험담으로
할 말이 많은 것보다
훨씬 좋은 것이라고 생각하기로 했다.

지금부터 50년이 지난
2067년을 상상해본다.

그때의 나는
여전히 남편 자랑을 하고 다니는
팔불출 할머니가 되어 있었다.

30분 산책

카페에 한참을 앉아
이것저것 끄적이다 보면
어느 순간 집중력이
흐려지고 지루해진다.

더 이상 새 아이디어가
나오지 않을뿐더러
문장 또한 나빠진다.

그러면 짐을 챙겨
집으로 향한다.

집까지는 걸어서 30분.

폭신한 운동화를 신고
가벼운 마음으로 걸으면
풀리지 않았던 글이
돌연 머릿속에서 풀려나간다.

걸으면 걸을수록
새로운 글감이 퐁퐁 솟아오른다.

정말 신기한 일이다.

글은
앉아서만 쓰는 게 아니다.

땅이 종이이고
두 발이 연필이며
바람이 영감이다.

30분 산책하는 동안
머릿속에 글씨가 가득 찬다.

오키나와
신혼일기

오키나와
산책일기

"제 라이프스타일(lifestyle)에
인볼브(involve) 해보지 않을래요?"

수능 영단어
말하는 줄...

남편의 헤어스타일

남편은
외출 준비를 할 때
헤어스타일에
가장 많은 시간을 투자한다.

사용하는 헤어 제품만
무려 세 개이다.

그렇게 공들여
완성한 머리는
거의 예술 작품이다.

현란한 손기술로
머리를 만지며
남편이 묻는다.

"내가 왜 아침마다
이렇게 정성 들여
머리를 하는 줄 알아?"

"왜 그러는데?"

"나를 스쳐 지나가는 사람들이
나로 인해서
한 번이라도
더 웃으면 좋잖아" 하며
배시시 웃는다.

그런 마음이
너무나 예쁘고 귀엽다.

어제는 머리를 하고 나오며
"도깨비 봤어?" 하는데
공유 머리를 하고 있었다.

오늘은
"투피엠 봤어?" 하는데
'짐승돌' 머리를 하고 있었다.

남편을 스쳐 지나가는
다른 이들은 모르겠고,

일단 매일 아침
아내를 웃게 하는 데는
성공한 듯하다.

4분의 마법

일이 잘 안 풀려
마음이 마구 엉킨다.

거리를 걷는데
노랫소리가 들려
발길이 멈춘다.

누군가가
거리 공연을 하고 있다.

마음이 힘들어서 그런가,
신나는 노랫소리에 눈물이 고인다.

리듬과 멜로디가
마음에 연고를 발라준다.
마음의 화학작용이 일어난다.

'괜찮아, 계속해봐.
지금 끝난 게 아니야, 과정인 거야.
과정에선 어떤 일도 일어날 수 있어.'
돌아서는 발걸음에 힘이 실린다.

음악은
4분짜리 마법이다.

예쁜 밥상

이곳에 온 후로는 점심을 늘 혼자 먹는다.

남편과 함께하는 밥상은 신이 나서 차리는데,
나 혼자 먹는 밥상은 왜 이리 귀찮은지…….

그러다 보니 때를 한참 넘기다
느지막이 대충 때울 때가 많다.

하지만 그런 한 끼는 건강에도 좋지 않을뿐더러
다음 식사의 입맛도 떨어뜨린다.

그래서 오늘은 마음을 고쳐먹고
성의껏 식사 준비를 해본다.

보는 이가 없어도
먹어주는 이가 나뿐이어도
정성스레 '플레이팅'을 하니
새삼 기분이 좋아진다.

예쁜 밥상을 보고 있자니
왠지 기분 좋은 예감이 든다.

혼자 하는 식사라도
예쁜 마음으로
예쁘게 차려 먹는다면
분명 나에게
예쁜 일이 올 것이다.

순간을 100퍼센트 사는 법

남편과 살면서
배우는 것 중 하나는
'순간을 100퍼센트 사는 법'이다.

남들에겐 오버액션처럼
보일 수도 있지만
그의 행동들은
지금 이 순간에
자신을 더 밀착시키는 데
도움을 준다.

걸을 땐 의식적으로
공기를 깊이 들이마시고
맛있는 밥을 먹을 땐
엉덩이춤으로 기쁨을 표출한다.

심지어 물을 마실 때도
무심코 마시지 않고
천천히 씹어서 삼킨다.

매 순간을
충실히 보낸 남편은
미련 없는 잠을 맛있게 잔다.

순간을 거르고
행복을 보류하는 것은
인간으로서 가장 어리석은
삶을 사는 길이다.

그럼에도 나를 포함하여
대부분의 사람은
그렇게 살고 있는 것 같다.

아쉬운 어제를 생각하느라,
두려운 내일을 걱정하느라.

아침에 선물 받은
오늘을 놓칠 때가 많다.

그와 정반대로 살고 있는
남편을 보면서 배운다.

오늘을 살려면
어제를 잊어야 하고,

지금을 살려면
방금을 잊어야 한다.

남편의 스트레스 해소법

직장에서
언짢은 일이 생겼는지
남편의 기분이
안 좋아 보였다.

씩씩거리며 열변을 토하기에
나도 맞장구치며 위로를 해줬지만
여전히 입이 나온 남편.

그러던 그가
갑자기 1초 만에
괜찮아졌다.

**"어휴, 거울 보니까
스트레스 풀리네!"**

옷을 갈아입으며
거울을 보더니
원래의 왕자병 남편으로
돌아왔다.

아내의 위로에도
풀리지 않는 마음은
거울을 보고 풀린다.

숨어 있는 소박한 빵집

블랑제리 에피 데 블레 Boulangerie Epi de ble

관광객들은 진짜 모르는 작은 동네 빵집이다. 달고 화려한 빵보다는 투박하고 거친 빵을 좋아하는 나 같은 사람에게 딱인 맛집이다. 평소 안 가던 골목으로 갔다가 우연히 발견한 곳으로, 이곳을 몰랐으면 정말 아쉬울 뻔했다.

들어가면 늘 갓 구워 나온 금직한 식빵들이 'ordered bread'라는 꼬리표를 단 채 식혀지고 있다. 여기 동네 사람들이 정기적으로 주문해서 먹는 듯하다. 빵이 맛있는 것도 이 집을 좋아하는 이유이긴 하지만 컨트리풍 가게의 느낌도 한몫한다. 테이블이 두 개 정도 있긴 하지만 가게가 워낙 작아서 오래 앉아 있기에는 부담스럽다.

식빵, 바게트, 프레첼 같이 꾸밈없는 빵들이 참 맛있다.

- 주소 Okinawa-ken, Nakagami-gun, Chatan-cho, Kitamae 1-11-11
- 전화번호 098-911-6062
- (자동차 내비게이션, 스마트폰 구글맵에서 전화번호를 치면 쉽게 찾을 수 있음)

한 마디의 말이라도

기억하고 싶은 걸
꼭 메모하는 습관이 있다.

언젠가부터
내 메모 앱에서
많은 용량을 차지하는
카테고리가 생겼다.

'심쿵 잭슨어록'이라는
이 카테고리는
남편과 대화하는 중
종종 하나씩 채워진다.

남편의
순수하고도 신선한 생각들이
많은 울림을 준다.

그럴 땐
한참 이야기 중인 남편에게
양해를 구하고
스마트폰을 꺼내 들어
남편의 말을 받아 적어둔다.

그러고 나서
가끔 꺼내 읽어보면
무릎을 탁 칠 때가 많다.

이런 남편을 보며 든
생각 하나.

성격이 좋은 사람,
이해심이 넓은 사람,
다 좋지만 무엇보다도……

타인에게 나는
'메모하고 싶은 사람'이고 싶다.

한 마디의 말이라도
오랜 고민의 흔적이 있는,
받아 적고 싶을 만한 말을 하는
사람이고 싶다.

한 마디의 말이라도
누군가가 인생을 살면서
한 번씩 꺼내볼 만한 말을 하는
사람이고 싶다.

사소한 습관

정장 착용이 의무가 아니지만 남편은 출근할 때
꼭 수트를 차려입고 머리를 깔끔히 세팅한다.

어쩌면 이런 사소한 습관이 인생 전체를 결정한다.

회사 다니던 시절, 아침잠이 많던 나는
빈번히 부스스한 몰골로 지각을 면하곤 했다.

어떤 날은 제대로 다림질도 못 한 옷을 걸쳐 입은 채,
또 어떤 날은 머리 손질을 못 해 모자를 푹 눌러쓴 채
출근하기도 했다.

그런 날은 이상하게도 의욕이 떨어지고
업무 효율도 높지 않았다.

출근하는 남편의 발걸음이 힘찬 것은
우선, 자기 자신을 정성스레 가꾸기 때문이다.

신체가 후줄근하지 않기에
정신도 늘 맑은 것이다.

건강한 신체에 건강한 정신이 깃든다는 말은
남편을 두고 하는 말 같다.

가장 아름다운 보석

남편은 종종
나를 향해 일컫는다.

'가장 아름다운 보석'이라고.

그러면서 꼭 한마디를 덧붙인다.

"보이지 않는 걸 보는 법을 알려줘서 고마워."

시어머니와 비둘기

며칠 전부터
우리집 창 밖에서 자꾸
구구구구, 하는 소리가 들렸다.

알고 보니
창밖 에어컨 실외기 옆 공간에
비둘기 한 쌍이 둥지를 튼 것이다.

똥도 많이 싸놓고
울기도 많이 울어
사실 좀 무서웠다.

아파트 관리실에 문의했더니
바닥에 뾰족한 걸 깔아두면
비둘기가 앉지 못해
쫓을 수 있다고 했다.

어떻게 해야 하나 고민하던 중
시어머니께 말씀드렸더니
이렇게 대답하셨다.

"비둘기가 둥지를 틀었다는 건 좋은 징조야.
쫓지 말고 비둘기한테 이렇게 말해봐.
'얘야, 너도 새끼 뱄니?
나도 지금 새끼를 뱄단다.
우리 같이 한번 잘 낳아보자'고."

시어머니의 말씀이
너무 재미있고 또 참 따뜻해서
비둘기 쫓을 마음이 싹 가셨다.

새끼를 뱄을 거란 생각도 못하고
뾰족한 걸 깔아둘까, 하다니⋯⋯.

뾰족한 마음을 먹었던 것이
괜스레 미안해졌다.

집 바깥이라 큰 피해가 오는 것도 아닌데⋯⋯
그날 시어머니께 배웠다,
자연을 배려하는
따뜻한 마음 씀씀이와
재밌고 예쁜 말솜씨를.

그날 이후,
비둘기가 계속 건강하게
울길 바라게 되었다.

비둘기야, 우리 같이
잘 낳아 잘 키워보자.

너무 솔직한 남편

남편은 보기 드물게 순수하고
또 솔직한 사람이다.
느끼는 대로 가감 없이 말한다.

내가 여기 온 이후로 너무 잘 먹었는지
조금 통통해졌다.
안 그래도 동그란 얼굴이 더 동그래진 것 같다.

다이어트를 위해 차분한 마음으로
아침 운동을 하는데, 남편이 내 얼굴을
가만히 보더니 한마디 한다.

"빵 같애, 빵."

'호빵'이나 '찐빵'이 아닌,
그냥 '빵'이라니
기분이 더 묘하다.
남편은 보기 드물게 순수하고
또 솔직한 사람이다.

느끼는 대로 가감 없이 말한다.

장점과 단점의 관계

남편의 멋있는 점 중 하나는
'숲을 보는 눈'을 가졌다는 것이다.

넓은 시야를 가지려고 노력하지만
그게 잘 안 되어
사사로운 것에 흔들리는 나와는 달리,
남편은 눈앞의 것 이면의 큰 그림을
그릴 줄 안다.

다만 결혼 후 남편에 대해
새롭게 알게 된 것이 있는데,
남편은 숲을 보는 대신
나무를 못 본다.

전기 켜는 법만 알고 끄는 법을 모르며
물건 잃어버리기가 흔한 일상이다.

모든 반짝이는 장점은
치명적인 단점을
동반하는 법이다.

글쓰기 일과

새벽에 일어나
공부와 운동을 한 후
남편이 회사로 출근할 때
나는 카페로 출근한다.

노트북도 없이,
스마트폰 울릴 일도 없이
그렇게 카페로 출근하면
테이블 위에
연필과 나만 남는다.

연필을 들고
아날로그적으로
고민하는 시간을 갖는다.

유혹이 많은
전자기기를 멀리한 채
깨끗한 세 시간을 보낸다.

물론
낭만적인 시간이기만
한 것은 아니다.

나의 부족함을 여실히 느끼는
괴로운 시간이기도 하다.

하지만
원고지 몇 장을 채우든
단 몇 글자만을 끼적이든
스스로를 혹독하게 앉혀두는 시간이다.

그 시간 속에서
진흙도 나오고
보석도 나온다.

풍부해지기 위해서
더 혼자 있어야 한다.

풍부해지기 위해서
더 고독해져야 한다.

일본 서민들의 이자카야

다이슈 로바다야끼
사카바아다찌야 大衆ろばた燒酒場 足立屋

　오키나와의 웬만한 식당에는 관광객과 미군 가족들을 위한 영어 메뉴판이 따로 준비되어 있다. 하지만 이곳엔 오로지 일본어뿐이다. 그만큼 손님의 대부분이 현지인이라는 뜻이다. 모르는 사람은 못 오는 동네 이자카야 다이슈 로바다야끼 사카바아나씨야. 주택가 골목에 있어 눈에 잘 띄지도 않지만 갈 때마다 늘 북적이는 인기 술집이다. 퇴근한 직장인들이 주로 많이 찾는 것 같다.

　가운데에 오픈 주방이 있고 그 주위를 바 형태의 테이블이 빙 두르고 있다. 안주는 소량으로 저렴하게 판매하기 때문에 여러 메뉴를 맛볼 수 있다는 장점이 있다. 우리는 일본어를 잘 몰라 늘 아무거나 되는 대로 주문했는데, 하나같이 다 맛있었다.

- 주소 Okinawa-ken, Ginowan-shi, Isa, 3 Chome-29-2
- 전화번호 098-963-9295
  (자동차 내비게이션, 스마트폰 구글맵에서 전화번호를 치면 쉽게 찾을 수 있음)

고급스럽고 깔끔한 느낌의 이자카야는 아니지만 진짜 오키나와 사람들의 술자리 분위기를 가까이서 느껴볼 수 있다. 진짜 '일본에 왔다'는 느낌을 원한다면 이곳을 추천한다. 술을 잘 못한다면 무알코올 맥주를 주문하자.

주방에서 거리가 먼 테이블에 음식을 전달할 때는 주방장이 직접 기다란 대형 주걱에 음식을 얹어 손님에게 전달하기도 한다.

엄마의 평생에

엄마가 즐겨보는
TV 프로그램은
〈팬텀싱어〉이다.

평소 논리적이고
말발이 센 엄마는
〈팬텀싱어〉 앞에서
무장해제된다.

한 곡 한 곡,
가창이 끝날 때마다
소파에 정자세로 앉아
물개박수를 친다.

중간중간
에피소드가 나올 땐
출연자들의 관계에 대해
진지한 표정으로
상세 설명을 한다.

그 모습이 너무 귀여워
동생과 나는 빵 터진다.

좋아하는 대상 앞에서
사람은 순수해진다.

〈팬텀싱어〉 앞에서
엄마는 소녀가 된다.

그런 엄마의 평생에
'팬텀싱어' 하나쯤
늘 있어주면 좋겠다.

무언가를 원할 때

임신 후, 몸 상태가
그럭저럭 괜찮았다.

입덧도 심하지 않고
먹는 데도 문제가 없었다.

그런데
딱 10주에 들어서는
오늘 아침부터
심한 구역질과
두통이 시작되었다.

괜찮아지길 기다리는 수밖에
달리 할 수 있는 것이 없어
하루 종일 무기력하게
눕기 앉기를 반복했다.

오후쯤 되니
우울감이 몰려왔다.

'이래서
임신우울증이
오는 거구나' 싶었다.

특별히 길었던 하루가
겨우 끝나고
자려고 누운 밤.

문득, 내 소망이
참 이기적이었다는
생각이 들었다.

결혼 후,
아기를 너무나
간절히 기다렸다.

하지만
아기를 낳고 싶은
마음만 품은 채
임신과 출산이
주는 고통은
거들떠보지도 않았다.

그냥 무조건
'쉽게 낳았으면',
'쉽게 키웠으면' 했다.

그러다가
오늘 깨달았다.

무언가를 원할 때
그것의 좋은 점만
원해서는 안 되며,
그것이 주는 아픔까지도
기꺼이 원해야 한다는 것을.

결혼에서도,
일에서도,
관계에서도
원하는 것이 있다면
그것이 주는 고통까지
사랑할 각오를 해야 한다.

이렇게 생각하니
오늘 하루는
참 행복한 고통이었다.

또 이런 하루가 온다면
오늘의 나와는 다를 것이다.

태어나지도 않은 아기에게
무거운 지혜를 배웠다.

심쿵 잭슨어록 4 _기분 좋은 칭찬

JACKSON'S SAY

"자기는 주변 공기를
좋게 해주는 여자야."

주방 담당이 좋은 이유

주방 담당이 좋은 이유는
남편 모르게 내 마음대로
할 수 있기 때문이다.

갓 지은 밥을
남편에게 주고
어제 남은 밥을
내가 먹을 수 있다.

곱게 부친 전을
남편에게 주고
못나게 부친 전을
내가 먹을 수 있다.

가계 담당이 좋은 이유는
남편 모르게 내 마음대로
할 수 있기 때문이다.

좋은 것을
남편에게 사주고
내가 갖고 싶은 걸
조금 미룰 수 있다.

고급 비누를
남편에게 주고
그냥 보통 비누를
내가 쓸 수 있다.

이렇게
남편을 더 위할 때마다
오히려 나는 더 행복하다.

나만을 위해 살던 시절,
그 미혼 때는 몰랐던 행복.

행복에도 단계가 있다면
더 높은 단계의 행복이
이런 게 아닐까?

나를 위하는 것보다
배우자를 위하는 것이
더 중요해질 때

진짜 행복이 시작된다,
진짜 인생이 시작된다.

행복을 선택하는 법

세상에서
제일 행복한 사람이 될 때는
내가 '지금껏 받은 것'만을
생각할 때이다.

받은 것이란
물질적인 것뿐만 아니라
마음, 사랑 같은 것도 포함이다.

받은 것을 생각하기 시작하면,
겨우 30여 년 인생에
어찌 그리도 많았는지,
세상 제일의 부자가 된 기분이다.

그래서
참 감사함을 느끼고
마냥 행복해진다.

하지만 순식간에,
세상에서 제일 불행한
사람이 될 수도 있다.

내가 '지금껏 준 것'만을

생각할 때이다.

준 것에는 역시
물질적인 것뿐만 아니라
마음, 사랑 같은 것도 포함된다.

준 것을 생각하기 시작하면
원망이 스물스물 기어 올라온다.

'왜 나는 정성을 다했는데
돌아오는 건 없지?'

30여 년간 타인들과
여러 가지를 주고받으며
깨달은 점은 이것이다.

누군가에게
무언가를 줄 때는

주는 순간,
그것을 잊어야 한다.

내가 베푼 정성과 호의는
주는 순간 내 것이 아니다.

그것을 상대방이
어떻게 받아들이냐는
오로지 상대의 몫이다.

누군가에게
무언가를 받을 때는

받는 순간,
마음에 새겨야 한다.

상대가 그것을
잊어버릴지라도
내가 잊어선 안 된다.

이렇게 하지 않고
기브 앤드 테이크를 따지며 살면
불행한 사람이 된다.

진짜 기브 앤드 테이크의 승자는
준 만큼 잘 받은 사람이 아니라,

'내가 행복한가 행복하지 않은가'를
기준으로 둔 사람이다.

언어의 힘

어느 날, 남편을 부를 때
"애기-"라고 해봤다.

참 신기하게도 '애기'라는 말의 뜻과
어감의 귀여움 때문에 남편을 부를 때마다
남편이 진짜 애기가 된 듯 귀여워 보였다.

호칭에도 전염성이 있는지
얼마 전부터는 남편도 나를
"애기-"라고 부르기 시작했다.

애기끼리 운동도 하고 애기끼리 장도 보고
애기끼리 밥도 먹는다는 생각을 하니,
귀여워서 웃음이 나고 웃음이 나니 행복해진다.

별것 아닌 호칭일 뿐이지만
언어에는 놀라운 힘이 있다.

호칭 하나로,
상대가 사랑스러울 수도
혐오스러울 수도 있다.

언어가 행복을 결정한다.

오글거리더라도
꼭 사랑스럽게
당신을 부르기로 한다.

잘못 배운 말

생각지도 못했던 결혼 후 삶의 낙은
'남편을 위해 요리하는 일'이다.
이 일이 즐거워 '빽적하게' 한 상 차리기 시작했다.

표준어는 아니지만 의미가 잘 통해서
이 '빽적하게'라는 단어를 몇 번 썼더니
남편이 배웠나 보다.
그런데 약간 잘못 배운 듯하다.

여느 날과 다름없이 푸짐하게 한 상 차린 날,
식탁을 보자마자 남편이 말했다.

"와! 껄쩍지근하네!"

가끔 심각하게 걱정이 된다.
'남편이 중요한 자리에서
실수하면 어떡하지?'

나의 왕팬

친정에 가서 며칠 쉬는 중에
인터넷에 글을 하나 올렸다.

올린 지 얼마 안 되어
옆방에 계시던 아빠가
똑똑 내 방을 노크하신다.

포스트에 오타가 있다며
알려주신다.

아빠는 내 포스트를 구독하는
팔로워 중 한 명이다.

인터넷에 글을 올리자마자
바로 확인하는 왕팬이다.

유난스럽게 팬심을 내비치진 않지만
결코 배반하지 않는 팬,
늘 뒤에서 응원하는 팬이란 걸
잘 알고 있다.

그런 아빠의 영원한 자랑이고 싶다.
그런 왕팬의 영원한 스타이고 싶다.

할머니의 그림

치매 방지 차원에서
그림 그리기를 시작하신 할머니.

할머니 댁에 가면
전에 없던 손그림들이
집 안 곳곳에 붙어 있다.

오늘은
할머니께서 문자로
나의 어린 시절을 그린
그림을 보내왔다.

내가 어릴 때,
거의 나를 키우다시피 하셔서
내 이름만 떠올려도
눈물 글썽이는 할머니…….

그래서인지
나를 그린 그림은 더 애틋하다.

그림 아래 적혀 있는
'잘 지내라'는 평범한 말에
찡하고 마음이 저려온다.

31년간 이어져온

뉴스에는
흉흉한 소식이 가득하고,
인터넷에는
기막힌 사연들이 줄을 잇는다.

평화로워 보이는 내 삶에도
작은 균열이 일어날 때가 있다.

가족들을 아프게 하기도,
남편과 대판 싸우기도,
가끔 앓아눕기도 한다.

하지만
그 모든 균열에도 불구하고
잠자리에서 들려오는
남편의 코 고는 소리에
불완전한 내 인생도
위로를 받는다.

또 돌아와준 까만 밤과,
이 시간만큼은 까맣게 잊고
잠을 청할 수 있다는 사실에.

결혼 전에는
하루하루가 저무는 것에
별 감흥이 없었다.

하지만
결혼이라는 신세계에
발을 들이고 나니
무탈한 하루를
감사할 줄 알게 되었다.

혼자 자유롭게 살다가
누군가와 함께 사는 일은
생각보다 훨씬 더 어렵다.

코 고는 남편 옆에 누워
나지막하게 중얼거린다.

"오늘도 무사히
마감하게 해주셔서
감사합니다."

불현듯,
지금껏 살아온 삶이
31년간 이어져온
기적이었음을 깨닫는다.

오키나와
신혼일기

젓가락 문화

"일본은 젓가락 문화라서 좋아."
남편이 밥을 먹다가 말했다.

"젓가락 문화가 왜?"

"숟가락으로 허겁지겁
퍼먹지 않아서 좋아.
천천히 먹게 되고……."

일본에서 살다 보니
숟가락이 아예 없는
식당과 마주하기도 한다.

처음엔 좀 답답했으나 우리는 이제 점점
숟가락 없는 식사에 익숙해지고 있다.
그리고 익숙해짐을 넘어……

남편은 이제
젓가락만으로도
허겁지겁 먹는 법을
익혔다!

인간은 적응의 동물……

한국에 없는 것

문구점에도 스포츠 브랜드 아디다스가 들어와 있다. 물론 '아디다스 문구류'이다. 아디다스에서 문구류를 생산한다는 것은 지금껏 몰랐던 사실이라 너무 신기했다. 연필, 지우개 등등 평범한 학용품들에 아디다스의 로고가 아무렇지 않게 그려져 있다. 스포티하거나 독특한 점이 있는 건 아니고, 그냥 평범한 문구류이다.

알다시피 미스터도넛은 우리나라에도 들어와 있다. 우리나라에서는 도넛이나 커피를 마시러 가지만 일본인들은 식사까지 여기서 해결한다. 도넛뿐 아니라 볶음밥과 라면을 판매하기 때문이다. 아무래도 우리나라 사람들보다 일본인들이 미스터도넛을 친근하게 더 많이 찾다 보니 식사류까지 팔게 된 건 아닐까 싶다. 어쨌든 볶음밥을 한번 먹어봤는데, 이곳에선 도넛과 커피만 먹는 게 낫지 싶다.

아무렇지 않음

생굴 먹은 게 탈이 났는지
결국 링거 신세를 졌다.

끝없는 구토의 반복.
이렇게 심하게 앓아본 것도
오랜만이었다.

병원으로 가는 차 안에서
여러 번의 구역질을 하다가
잠깐잠깐 찾아오는 평화가
참 달았다.

아프면 비로소 통감한다.

'아무렇지 않음'의
축복에 대해서.

그것을 얼마나
낭비했었는지에 대해서.

좀 놀아본 시절

크리스마스를 가족, 친지 들과
속리산에서 보내게 되었다.

어린 시절,
우리는 모두 자주 모여
전국 방방곡곡을 놀러 다녔다.

초등학생 때 일기에는
온통 사촌들과 놀았던
얘기들로 가득했다.

아이였던 우리가 자라면서
모두 다 모이는 게
쉽지 않은 일이 되었다.

그러다 오랜만에
다 같이 모인 크리스마스.

이제 온전히 성인이 된
우리를 바라보면서,
부모님들은
그 세월을 신기해하신다.

밥을 지어 먹고
등산을 하고
옛날 비디오를 보고…….

왁자지껄한 그 분위기 속에서
깨달음 하나가 머릿속을 파고든다.

철없던 우리가 엇나가지 않고
바르게 자랄 수 있었던 것은
학원, 학습지, 과외 같은
교육 때문이 아니다.

부모님들이 우리를 데리고
충분히 놀아주셨기 때문이다.

어린 시절에
세상과 충분히 놀아보는 것만큼
좋은 교육은 없다고 나는 믿는다.

어떤 힘든 일이 있어도
다시 긍정으로 돌아올 수 있게 하는
우리의 좀 놀아본 시절이 있음에 감사하다.

자존심

오랜 시간 함께 살아온
부부라면 모르겠지만
신혼 때는 유난히
서로 '자존심'을 세우려다
자주 싸우는 것 같다.

'같은 편'이라는 공동체의식이
완전히 자리 잡지 못한 탓이리라.

자존심 때문에 언성이 높아지고,
자존심 때문에 해선 안 될 말도 한다.

본심은 그게 아닌데도…….

어느 날 밤,
자존심이 센 우리 둘은
그것이 한 집안의 부부 사이에
아무런 도움이 안 됨을 깨달았다.

그리고 약속했다.
밖에서는 자존심을 지키더라도

집 현관문을 열고 들어오는 순간,
신발과 함께 자존심을 벗어두기로.

그 옛날 추억을 불러오는 호프집

히노에 Hinoe / ひのえ

  꽤 큰 규모의 이 호프집 히노에는 우리가 살던 집에서 도보 3분 거리에 있어 매일 지나치던 곳이었다. 신기하게도 영업을 하지 않는 낮에 이곳을 보면 마치 폐업한 술집 같은 분위기가 느껴진다. 그래서 한참 못 가보다가 밤에 남편과 한번 가보고 나서는 단골이 되었다.

  분위기는 뭐랄까, 모던하지 않은 추억의 호프집 같은 느낌이다. 이곳에서 우리가 즐겨 먹었던 안주는 숙주두부볶음이다. 일본의 많은 술집에서 흔하게 볼 수 있는 메뉴이고 재료도 특별할 건 없는데 참 맛있다. 그 외에도 큐브스테이크숙주볶음, 와규, 사시미, 모듬꼬치 등 시키는 메뉴마다 다 괜찮았지만 한 가지 인상적이었던 건 파스타를 참 잘한다는 것이다. 면이 쫄깃쫄깃하고 소스도 맛있어서 종류별로 자주 먹었다.

  이곳은 가끔 유난히 붐비는 날이 있다. 오키나와 기노완시 직장인들이 다 이곳에 오나 싶을 정도로! 알고 보니 그날은 반값 이벤트가 있는 날이었다. 계산할 때 총 금액의 반을 할인해주는 파격적인 이벤트다. 운이 좋다면 방문하는 날이 반값 이벤트 날일지도 모른다.

- 주소 Okinawa-ken, Ginowan-shi, Isa, 2 Chome-2-20-12
- 전화번호 098-898-7323
  (자동차 내비게이션, 스마트폰 구글맵에서 전화번호를 치면 쉽게 찾을 수 있음)

스물아홉 살이나 어린 나

곧 예순을 바라보는 엄마가
작년에 대학원을 들어갔고
어느새 졸업을 향해 가고 있다.

2년 전,
엄마와 대학원 얘기를 나누었는데
그때만 해도 정말로 입학할 줄은
꿈에도 몰랐다.

엄마는 아직도 꿈이 있고
계속 이루어나가는 중이다.

그 꿈을 위해
2년째 내 또래의 학생들과
경쟁하며 공부하고 계신다.

나보다 체력이 약한 엄마,
나보다 기억력이 나쁜 엄마,
나보다 컴퓨터도 못 하는 엄마.

그런 엄마를 보며
늘 생각한다.

엄마보다
스물아홉 살이나 어린 나는
어떤 것도 못 할 것이 없다고,
전혀 두려워할 것이 없다고.

S# 72

가장 중요한 연봉

2011년부터 5년간 직장 두 곳을 거쳤고,
결혼 후 현재는 일을 쉬고 있다.
바뀐 것이 있다면,
요리 실력이 늘었고, 살림 노하우가 쌓였고,
퇴근 후 짬 내서 쓰던 글을
아침부터 쓴다는 것이다.
다만, '연봉'이 없어졌다.

가끔 그것이 속상하기도 했지만
요즘은
'과연 연봉이 없어진 것일까?'
하는 생각이 든다.
그간 받던 연봉을
지금은 '화폐'가 아닌,
'시간'으로 받고 있으니까.
시간으로 받은 연봉을 가지고
집필도 하고 공부도 하고 태교도 한다.
공기 같은 존재라서
늘 '시간'에 무심하지만…….

어쩌면 우리에게
가장 중요한 연봉은
'시간'일지도 모른다.

골목 탐험

자주 가는 카페에서
집으로 오는 길은
걸어서 30분쯤 걸린다.

매일 같은 길로만 가다 지루해져,
오늘부터는 다른 길을 걷기로 한다.

그렇게 우연히 들어간 골목에서
컨트리풍의 베이커리를 만났다.

달달한 디저트 빵보다
투박한 식사 빵을 좋아하는
내게 딱 어울리는 가게다.

작고 소박하여 동화 속에나
있을 법한 가게 내부.

방금 나온 듯한
빵의 비주얼에 홀려
바로 몇 개를 산다.

빵 굽는 냄새를 음미하며
커피도 한잔한다.

늘 다니던 익숙한 길이 아닌,
새로운 길로 들어섰기에
만날 수 있었던 인연이다.

오키나와에 사는 게 익숙해지니,
처음과 달리 모험을 피하게 된다.

똑같은 길로만 다니면서
뭔가 재미난 일이
일어나길 바라는 건
마땅찮은 일이다.

귀국 전까지
시간이 허락한 골목들을
모두 탐험해보고 싶다.

남편의 주문법

식당, 카페, 술집 등 뭔가를 먹으러 가면
남편이 주로 주문한다.

보통, 사람들은 직원에게
최대한 신속히 정확한 주문을 하게 마련이다.

하지만 남편의 주문법은 좀 다르다.
'주문'이라기보다는 '일어 회화 공부'에 가깝다.

먼저, 좋아하는 음식을 고백한다.

"저는 비빔밥을 좋아합니다."

배운 단어를 써먹으려 희한한 주문도 한다.

"맥주를 단품으로 부탁드립니다."

주문과 전혀 관계없는
얘기도 한다.

"저…… 모스버거 모델로는
무리일까요?"

남편은 일본인 직원들에게
재밌는 손님일까,
성가신 손님일까?

모두가
웃고 있긴 한데…….

잘 모르겠다.

어둠의 속임수

혼자 여행을 다녀왔다.

멀리 간 것도 아니었고,
저녁 8시에 도착했는데도
처음 가본 동네라
사실 좀 무서웠다.

익숙한 풍경은 하나도 없고
낯선 골목들은 죄다 어두웠다.

겨우 숙소에 도착해서
자고 일어난 아침,
'괜찮을까?' 머뭇거리다가
운동화를 신고 밖으로 나갔다.

어젯밤의 그곳이
맞나 싶을 정도로
산책하기 좋은 길이
눈앞에 펼쳐져 있었다.

단지,
밤이라 무서워 보였던
그 골목들을 찬찬히 걸었다.

기분 좋게 산책을 마치고
집으로 돌아오는 길에
한 가지 다짐했다.

앞이 잘 안 보이고
무섭다고 해서
'어둠'에 속지 말자고.

어쩌면 나는 지금
꽃길 위에 서 있는지도
모르니까.

오키나와
신혼일기

'어둠'에 속지 말자고.

어쩌면 나는 지금
꽃길 위에 서 있는지도
모르니까.

행복을 두려워하지 않듯이

결혼 후 신혼생활을 하면서
너무나 많은 행복이 있었고
그만큼 많은 갈등도 있었다.

큰 결정을 하면서
사람은 성장하는데,
그 결정에 따른 대가에는
기쁨도 있지만 슬픔도 있다.

그 둘은
적절히 균형을 맞춰
우리에게 온다.

그 대가를 감내하면서
우리는 발전하는 것이다.

결혼 다음으로 내린
두 번째 큰 결정은
임신을 하는 것이었다.

임신 4개월 차에 들어선 지금,
또 얼마나 많은 행복이
우리 앞에 다가올까?

그리고

그만큼 또 얼마나 힘든 일이
우리 앞에 나타날까?

모든 게
모르는 것투성이이고
감당해야 할 대가가
어느 정도일지
짐작조차 되지 않는다.

하지만
행복을 두려워하지 않듯이
고통을 두려워하지 않겠다.

환불할 수 없는
대담한 발걸음은
나를 많이 성장시킬 것이므로.

"내 결혼생활 로망은
아내가 고양이 무늬
앞치마를 입고
찌개를 식탁으로
옮겨주는 거야."

JACKSON'S SAY

김밥 먹으러 가는 길

남편과 연애하던 시절,
어느 날 우리는 퇴근하자마자 얼른 만났다.
내 스케줄 때문에 30분만 함께하는
짤막한 데이트였다.

여유롭게 저녁 먹을 시간도 없었으므로
우리는 김밥집으로 향했다.

바삐 걸어가는데, 그가 말했다.
"오늘 아침에 아버지께 결혼하겠다고 말씀드렸어."

김밥 먹으러 가는 길에 들을 거라곤
생각지 못한 얘기였다.

하지만 그는 당연한 일을 하는 얼굴이었다,
평소처럼 솔직하고 순수한 눈빛으로.

준비된 대사와 꽃다발, 계산된 타이밍……
그 어떤 것도 없었다.

'프로포즈'라는 개념 자체를
모르는 것 같았다.

하지만
일부러 꾸미지 않았기에
최고의 진심으로 다가왔다.

어떠한 미사여구도 덧붙일 필요가 없었던 것처럼,
준비해야 한다는 생각조차 할 겨를이 없었던 것처럼……

나에 대한 마음이 그만큼 순수하고 간절해 보였다.

누가 받아봤을까 싶은 김밥집 프로포즈는
그래서 감동이었다.

그렇게 2016년 9월 3일
우리는 부부가 되었다.

구로디지털단지의 그 김밥집을
나는 평생 잊지 못할 것이다.

생각과 행동의 관계

생각이 원인이고,
행동이 결과라고 생각했다.

늘 생각을 깊이 하고
거기서 나온 결론을
행동에 옮겨왔다.

그래서
조용한 곳에 앉아
차분히 사색하기를 즐기던 나였다.

하지만
해가 뜨면 무조건 나가야 하는
활동적인 남편과 함께 살면서
나는 주말마다 어김없이 외출한다.

그러면서
새로운 아이디어와 신선한 배움들은
차분히 앉아 있을 때
찾아오지 않는다는 걸 배운다.

밖으로 나가서야
비로소 에너지를 얻는다.

발을 움직여 걸어야
드디어 생각이 시작된다.

카페에 앉아 음악을 들으며
책을 읽는 것도 좋지만
대공원에서 매미 소리 들으며
남편과 함께 거니는 일이
그 다섯 배쯤 유익하다.

몸이 먼저 움직여야
좋은 생각이 떠오를 수 있다.

몸이 먼저 움직여야
고민의 해답을 찾을 수 있다.

행동이 원인이고
생각이 결과일 수 있다.

가스불 소리

남편이 퇴근하고 귀가할 무렵
나는 한창 저녁 준비로 바쁘다.

남편이 현관문을 열고
들어오면서 말한다.

"집 안에서
가스불 켜는 소리가 나서
너무 행복했어."

타지로 혼자 올라와
20대 대부분을
원룸에서 지낸 나는
퇴근 후
불 꺼진 차가운 집으로
들어가는 것이 싫었다.

그래서 남편의 마음을
너무나도 잘 안다.

불 켜진 따뜻한 집에
들어가고 싶은 마음,
밥 짓는 소리에

위로받고 싶은 마음,

피로한 하루의 끝을
기대고 싶은 마음.

언제든 따뜻하게 맞아주는
'가스불 소리'를
마음에 지니고 다닌다면
사람은 누구나
용기를 내어 살아갈 수 있다.

지독한 시련도
이겨낼 수 있는 것이다.

그러니…….

남편의 인생에
늘 '가스불 소리' 같은
아내가 되고 싶다.

내 인생에
늘 '가스불 소리' 같은
남편이면 좋겠다.

어느새

늘 걷던 거리에는
어느새 낙엽이 소복이 덮였다.

잠깐 잊고 있던 음식을
냉장고에서 꺼내보니
어느새 쉬었다.

영화 〈님아, 그 강을 건너지 마오〉에서
76년을 함께한 할아버지는
어느새 할머니 곁을 떠났다.

내 인생을
두 번 하고도 반을 더 살아야 알 수 있는,
그 오랜 세월을 살고도
할아버지를 잃은 아침에
할머니는 그 세월이
얼마나 한순간 같았을까…….

모든 것은
너무나 빨리 변한다.

우리에게도 예외 없이
어느새 작별의 날이 와 있겠지.

사치스러운 행복

정신없이 바쁜 일상의
한가운데에 있다.

더운 바람이 불어오는 오후,
나는 생각한다.

요즘 진짜 행복한 것 같다고.

아침에 눈을 뜨면
침대 끝에 절망이 앉아 있던
날들을 떠올리니…….

다이어리에 내일 할 일을
쓰는 것이 행복이다.

해결해야 할 일에
머리가 지끈 아픈 것이 사치다.

흐트러진 매력의 베이글 카페

캑터스 이트립Cactus Eatrip

이 집은 맛도 맛이지만 히피스러운 분위기가 재미있어 가끔 방문했다. 정리나 청소를 자주 하지 않는 느낌이 물씬 들지만, 그 흐트러짐이 이 가게의 매력이다. 모던하고 깔끔한 것을 좋아하는 사람들은 이곳이 별로일 수도 있다.

베이글의 종류가 다양해 베이글을 좋아하는 사람이라면 꼭 가볼 만하다. 공장에서 찍어낸 듯한 베이글이 아니라, 동화책 속 그림 같은 베이글들이 유리관 속에 진열되어 혀를 자극한다.

주의할 점은, 주소를 보고 찾아가도 큰 간판이 없고 분위기가 영업 중인 가게처럼 보이지 않아 눈앞에 두고 헤맬 수도 있다. 흐트러진 매력의 소유자답게 불시에 가게 문을 닫기도 한다.

- 주소 Okinawa-ken, Ginowan-shi, Oyama, 3 Chome-3-7
- 전화번호 098-890-6601
  (자동차 내비게이션, 스마트폰 구글맵에서 전화번호를 치면 쉽게 찾을 수 있음)

S= 82

최고의 공짜

공짜 점심도 좋다.

공짜 커피도 좋다.

하지만 이만한 건 없을 것이다.

노을은 매일매일이 공짜다.

233

타인의 취향

한 자전거 브랜드에서 주최하는
전시회에 다녀왔다.

그야말로
자전거 마니아들이 다 모였다.

문득, 언젠가 들었던
친구의 말이 생각났다.

"자전거 타는 사람을 이해할 수 없어.
빨리 달리기만 하는 그 힘든 걸 왜 하는지 몰라.
장거리 라이딩을 하는 사람들은 분명 집착증이 있거나
성격에 문제가 있을 거야."

예상치 못한 친구의 비난에
나는 라이더들을 변호해야 했다.

옹졸하고 편협한 생각으로
세상을 반밖에 못 보고 살아가는 사람들,
그들 때문에 나는 종종 분노한다.

자신이 즐기지 않는다는 이유로
타인의 라이프스타일을

비난하는 것은 잘못이다.

내 첫 직장의 상사는
20년 경력의 커리어우먼이었다.

분명 능력 있고 똑똑한 사람이었다.

하지만 그녀는 타인의 취향을
전혀 이해하지 못하는 인물이었다.

자신과 다른 음식을 먹거나
자신과 다른 패션을 추구하거나
자신과 다른 문화를 좋아하는
부하 직원들에게
"이해할 수 없다"며 핀잔을 주었다.

나는 그녀에게 많은 것을 배웠지만,
평생 그녀를 존경하지 못하게 되었다.

그녀는 창의적인 많은 것을 이루었지만,
그 이상은 성장하지 못할 것이다.

다시 자전거로 돌아와서……

나 역시 초보 라이더이기에
고행하듯 자전거를 타는 라이더들의
쾌감과 성취감은 여전히 잘 모른다.
하지만 모르는 것일 뿐,

이해하지 못하는 것은 아니다.

그 정도 경지에 오르면
그럴 수도 있겠다고 생각한다.

지금 나는
시속 20킬로미터로 맞는 바람이
어떤 느낌인지는 안다.

걸음으로는 절대 느낄 수 없는 속도,
자동차로는 절대 느낄 수 없는 야생이
얼마나 자유를 주는지도 안다.

누군가에 대해
편견이 생기면
그 편견이
그 사람의 얼굴에 묻는다.

이제 그 친구를 만난다면
그 편견의 양만큼
얼굴이 못생겨져 있을 것이다.

그러니 조심해야겠다.

내 얼굴에 나쁜 편견이 묻지 않도록
세상을 반만 알지 않도록
마음을 열어두겠다.

고요가 그리운 배

별일이 일어나면
그간 무탈하게
지내왔음을 안다.

재미난 일 하나 없던 날들이
평안한 날이었음을 안다.

요동치는 물살에
미처 닻을 내리지 못한
배가 흔들린다.

잔잔한 호수 밑에
많은 것이 숨어 있다.

다들 그렇게 살아간다.

배는
다시 고요가 그립다.

세상에서
가장 심심한
배가 되고 싶다.

그리워하는 것의 목록

동생과 함께 다녀온 태국 여행.

여행은
지구상에 내 주변이 아닌,
다른 세상도 있다는 당연한 사실을
확인하고 오는 일이다.

하지만
여행을 다녀오기 전과 다녀온 후의 나는
미묘하게 달라져
그리워하는 것의 목록에
항목이 하나 더 늘었다.

밤의 풀벌레 소리와
나무 밑에서의 식사,
문맹으로 살아본 며칠.

그리워하는 것이
많은 삶은 나쁘지 않다.

혼자 있는 시간도
아름다워진다.

그런 글이 되고 싶다

20대의 대부분을
홀로 타지에서 보낸 나.

그런 딸을 위해
엄마는 종종 음식을 만들어
냉장고에 넣어주셨다.

집에 오면
냉장고에서 식어버린
음식을 꺼내 데웠다.

차갑던 음식은
금방 따뜻해져
나를 위로해주었다.

어느 날,
글을 쓰면서
엄마의 음식이 떠올랐다.

지친 귀갓길,
냉기 도는 현관문을 열고
들어온 누군가에게
나의 글들이

엄마의 음식 같은 존재가
되었으면 좋겠다고 생각했다.

데워 먹는 글.

하루를 무사히 마친 이들에게
데워 먹을 수 있는
따뜻한 글 한 그릇이 되고 싶다.

공을 들이는 일

오랜만에 타려고
자전거를 끌고 나왔는데
바퀴 속 바람이 빠져 있다.

그동안 소홀했더니
자전거는 어느새
풀이 죽었다.

몇 달 동안 방치해놓고
자전거가 멀쩡하기를 바랐던
내 무심함이 원인이었다.

'관계'라는 것은
공을 들이는 일이다.

공 들이지 않으면
어느 순간 삐걱거리고
결정적인 순간에
회복하지 못한다.

소중한 누군가와의
관계를 지키고 싶다면
자꾸만 들여다보면서
살피고 관심을 쏟아야 한다.

무심함으로 자라나는
관계란 없다.

심쿵 잭슨어록 6 _세 가지만 하면 돼

JACKSON'S SAY

"나는 매일 이 세 가지만 하면 돼.
그럼 아무 불만 없어.
첫째, 아침에 아내 곁에서 눈뜨는 것.
둘째, 퇴근하고 집에 왔을 때 아내가 맞아주는 것.
셋째, 밤에 아내와 함께 누워 잠드는 것."

더 행복한 사람

재작년 여름,
친할머니와 함께
사진을 찍을 때만 하더라도
그 사진이 영정사진이 될 줄은 몰랐다.

부산에 올 때마다 날씨가 흐렸는데,
그날따라 유난히 화창했다.

3일간의 장례를 치르고
멍하니 집에 왔다.

조문객들을 맞느라
정신이 없어서
실감도 안 났었는데…….

지금 방에 앉아서
이 글을 쓰면서
이제야 목이 멘다.

태어나서 처음으로
가까운 사람을
떠나보낸 나에게
할머니의 장례식은

두 가지를 가르쳐주었다.

돌아가신 어른에게
살아 있는 사람들이 할 수 있는
최선의 예의는…….

첫째,
슬픔에 젖어 있지 말고
행복하게 잘 사는 것.

둘째,
남은 사람들끼리
화목하게 지내는 것.

자애로운 할머니는 끝까지
소중한 것들을 가르쳐주고 가셨다.

그리고
서먹했던 친척들과
한결 가까워질 수 있었다.

더 행복한 사람이 되겠다.

할머니가 하늘에서
간절하게 바라는 게
바로 그것일 테니까.

불편하게 살 것이다

이곳에 온 뒤,
완벽한 자유 아래 산다.

원하는 시간에 일어나도 되고
이곳저곳 놀러만 다녀도 된다.

하지만
새벽 4시에 일어나
인터넷 강의를 듣고
필사를 한다.

아침 7시에는
남편과 함께
운동을 하러 나간다.

아침 8시에는
옷을 제대로 갖춰 입고
머리도 단정하게 빗고
카페로 출근한다.

그곳에서
세 시간 동안 글을 쓴다.

오후에는 집에서
세 시간 동안 그림을 그린다.

그러다 보면 나는,
늘 시간이 아쉬운 자유인이다.

자유는 위험하다.

예술을 한답시고 빈둥대며
천재적인 한 방을 기다리는
작가는 되고 싶지 않다.

대신,
무라카미 하루키처럼
철저한 자기 규제 속에서
꾸준하게 고독해지는
직장인 같은 작가가 되고 싶다.

그러기 위해서
늘 최선을 다하여
불편하게 살 것이다.

밟으면 안 되는 것

시골에 가까운 도시라 그런지, 길고양이 똥(으로 추정됨)이 잘 관리되지 않는 것 같다. 길가에 방치되어 있는 고양이 똥을 밟지 않도록 각별히 조심해야 한다. 특별한 이유는 모르겠지만 그걸 밟으면 형용할 수 없는 지독한 냄새가 난다.

문제는 우리나라에서 그런 일이 잘 없기에, 고양이 똥을 밟고도 그 악취가 내 신발에서 나는 냄새인지 알아채지 못한다는 점이다. 나와 남편은 오키나와에 머무는 동안 각자 한 번씩 고양이 똥을 밟았고, 신발 바닥 사이사이에 낀 그것을 씻어내느라 꽤 고생했다.

남편의 댄스

흥이 많은 남편은
외출 준비를 하면서
가수들의 무대 영상을
틀어놓는다.

요즘 빠진 가수는
일본 그룹 아라시.

노래도 다 좋고
특히 춤이 쉬워서
남편이 그럴싸하게
곧잘 따라 한다.

그러다가 갑자기
어딘가 아파 보이는 표정으로
어깨가 탈골된 듯 흐느적댄다.

이내 몸통과 사지를
쉴 새 없이 흔들어댄다.

"그건 무슨 춤이야?"

"방탄소년단 춤!"

방탄소년단이
새삼 존경스러웠다.

오키나와
신혼놀가

오리너구리
신중남거

기록이 필요한 이유

띠리링 소리에
스마트폰을 켠다.

몇 년 전 올려놓은 글에
기분 좋은 댓글이 달려 있다.

그때 내가 썼던 글을
다시 한 번 읽어보니
남이 쓴 것처럼 색다르다.

'이런 생각도 했었구나, 기특하네.'

'지금보다 더 성숙했던 것 같네.'

그때의 올바른 마음가짐,
긍정적인 태도를
다시금 되새겨본다.

살면서 배우는 것들을
한 번 느끼고 그냥 흘려보내면
깨달음이 몸에 쌓이지 않으니
발전 또한 기대할 수 없다.

하지만 기록을 해두면
과거의 나를
언젠가 스승으로 만날 수 있다.

지나간 것에서도
배울 수가 있다.

그러려면
나만 볼 수 있게
기록하는 것이 아니라
부끄러운 글일지라도
불특정 다수가 볼 수 있게
온라인상에 기록해두어야 한다.

그들의 피드백을 통해
다시 한 번 배우고
다시 한 번 마음을 다잡는다.

오늘 같은 하루

오래 여행하다 보면
여행 중임을 망각한다.

오키나와에 온 지
두 달이 흘렀고,
이제 남은 시간은
한 달도 채 안 된다.

인간이란 적응의 동물이라
처음의 호기심 어리던 시선은
이제 무심히 창밖을 향한다.

하지만
과거로부터 가장 그리운 것은
지극히 평범한 것들이라는 사실을
경험으로 안다.

한국으로 돌아가면
오키나와에서 본
신기한 구경거리보다

특별할 데 없는
오늘 같은 하루가
가장 그리울 것이다.

저녁을 먹으러
남편의 손을 잡고
밤길을 걸으며 생각한다.

잊고 싶지 않아,
잊고 싶지 않아.

버튼 하나로 이 모든 순간을
저장하는 상상을 해본다.

오키나와
신혼일기

초판 1쇄 인쇄 2017년 11월 1일
초판 1쇄 발행 2017년 11월 7일

지은이 | 김지원
펴낸곳 | 다연
주　소 | (413-120) 경기도 파주시 문발로 115 세종출판벤처타운 404호
전　화 | 070-8700-8767
팩　스 | 031-814-8769
이메일 | dayeonbook@naver.com
편　집 | 미토스
디자인 | 디자인 [연:우]
일러스트 | 윤이슬

ⓒ 김지원

ISBN 979-11-87962-32-8　(03810)

※ 잘못 만들어진 책은 구입처에서 교환 가능합니다.

이 도서의 국립중앙도서관 출판예정도서목록(CIP)은 서지정보유통지원시스템 홈페이지
(http://seoji.nl.go.kr)와 국가자료공동목록시스템(http://www.nl.go.kr/kolisnet)에서
이용하실 수 있습니다.(CIP제어번호: CIP2017028033)